살판

시작시인선 0472 살판

1판 1쇄 펴낸날 2023년 5월 26일
지은이 이정오
펴낸이 이재무
기획위원 김춘식, 유성호, 이형권, 임지연, 홍용희
책임편집 박예솔
편집디자인 민성돈, 김지웅, 정영아
펴낸곳 (주)천년의시작
등록번호 제301-2012-033호
등록일자 2006년 1월 10일
주소 (03132) 서울시 종로구 삼일대로32길 36 운현신화타워 502호
전화 02-723-8668
팩스 02-723-8630
블로그 blog.naver.com/poemsijak
이메일 poemsijak@hanmail.net

ⓒ이정오, 2023, printed in Seoul, Korea

ISBN 978-89-6021-716-4 04810
      978-89-6021-069-1 04810(세트)

값 11,000원

살판

이정오

천년의 시작

녹슨 못에 걸린 붉은 망에서
양파가 자란다
벌써 구불구불 세 뼘이다

하루 천만 개가 버려지고
천만 개가 생산되는
신종 코로나바이러스로 인한 우리나라 마스크
물론 포장재를 제외한 숫자다
필요악인 쓰레기 무덤과 불타는 지구 별
양파의 눈동자와 죽은 별의 부스러기
이들을 기억하며 우주여행을 떠난다

이번 시집의 최종 목적지는 어디쯤일까
종잡을 수 없는 들먹거림 속에 갇혀 버렸다
목덜미를 당기는 바람의 방향이 아쉽지만
새 우주 비행선이 탄생할 미래를 기약하며
그동안 발표한 작품을 중심으로
이대로 여행 티켓을 예매하기로 한다

차 례

시인의 말

제1부

제3부

제4부

해 설

제1부

늪

사선의 경계
45

절반이다
절반이 절반을 올려다본다
절반이 절반을 들고 내려온다

앞꿈치를 들어 올리고
발을 뺄까
발을 빼도 허공이다
들어 올린 앞꿈치 45도

불현듯 외면했을
하루가 소문처럼 지나간다
한 마리 새도 날지 못한
입매도 하지 못한

올가미

무엇이든 움직이는 것은
항로를 이탈하거나 다른 길로 돌아가거나
속도를 제어할 수 없는 순간
올가미에 갇히고 말죠

새벽을 비행하다 덜컥, 위기에 몰린 참새를 만났어요
사각지대마다 덫이 놓여 있었죠
포위망에 걸려들어 생의 모서리가 출렁,
날개 퍼덕일 때마다 몸이 조여들고
앞으로만 빠져나가려고 젖 먹던 힘 다해도
탈출은 허락되지 않았어요

손을 뻗었죠
올가미는 내 주먹을 당기고 나는 허공의 집 한 채를 당기며
씨름을 거듭한 끝에
조심조심 올가미를 풀고
푸른 숲으로 날렸지만 그만 주저앉고 말았어요
몸을 파르르 떨며 숨만 몰아쉬었죠
숨통이 트이길 바랐어요

\>

순간 그 작은 눈으로

우주 한 모퉁이 허공 절벽을 바라보고 있었어요

나도 허공을 올려다보니 두려웠어요

보이지 않는 올가미를 보았죠

추락과 상승을 거듭하는 찰나의 생

출근길 나의 아침이 몇 걸음 뒤로 물러섰어요

처마 끝에 커다란 거미 한 마리 미동도 없이

나를 쏘아보고 있었어요

봄비

차창에 부딪히는 빗소리가
너무 따끔따끔해
초등학교 때
귀싸대기 맞던 기억의 작은 상자
뚜껑까지 열어 주는군

마침 경칩인 오늘
누런 개구리 한 마리
비 맞으며 폴짝폴짝
찻길을 건너고 있어

누워 자던 나무와 풀뿌리들
잠에서 깨어 웅성웅성
맨발로 부산을 떨고
추위 견딘 마른 떡잎의 마늘과 양파
얼었던 몸 곧추세우며
눈물 흘리고

봄에는
귀싸대기 맞을 일이 많아

맞고도
참아야 할 일이 참 많아

정신 차리고 보면
다 꽃이 되지

자귀나무

열두 살 소년이 소를 몰고 뒷동산에 올라
억새풀 너머 분홍 꽃나무에 고삐를 맬 때
바람을 타고 오는 Y의 노래가 들렸어요

소년이 노래에 빠진 사이
소는 혓바닥을 구부려
사랑나무 날개를 모두 배 속에 말아 넣었어요
아침이 올 때까지 커다란 눈망울 껌뻑이며
날개를 꺼내어 되새김질했어요

소년이 자라 시인이 되려 했을 때
소년은 Y에게 사랑나무에 대해 물었어요
'자귀나무'라고 했어요
그날부터 소년은 꿈속에서
'자귀나무'가 되어
'자기나무'를 부르다 깨곤 했어요

어린 날의 사랑나무는 없었어요
족두리 쓰고 연지 곤지 찍고
목선 따라 하얗게 번지던 사랑

자꾸자꾸 생각났어요
신이 땅속에 꽃 색깔 배합할 때부터
부드러웠을

그 붓끝

느티나무 그늘

가랑비 밤새 동네 한 바퀴 돌고 갔다
이제 겨우 얼굴 든 연초록 뺨 다 씻어 주고
소리 소문 없이 다른 동네로 떠났다
동네 입구 수호신으로 서 있는
느티의 얼굴도 말끔하다

느티나무 아래는
밤을 꼬박 새우며 돈 시곗바늘 공간이다
뛰놀던 아이들 웃음이 비눗방울로 날리고
동네 어른들 회고록 하얗게 깔리어
자리가 뽀송뽀송했다

봄 가랑비 온 마을 옷깃 다 적시고 가도
느티나무 그늘은
언제나 꿈이 서리는 곳
가랑비도 안다
마을 사람들 그 소박한 비밀을

아지랑이

강에서

들에서

달빛 눈물 훔치는 소리 들린다

햇빛 몸 씻는 소리 들린다

그대

숨어서

소리 없이 울먹이고 있었구나

소리 없이 훌쩍이고 있었구나

흰 그리고

그의 하얀 손가락이 가리키는

봉평 마을 언덕 메밀꽃

엊저녁 수직으로 솟구치던 가느다란 흰 뼈들

빗줄기가 오늘 밤

하얀 달빛 그림자로 쏟아져요

그리움 하얗게 흐르는 강가를

흰색 차량이 일렬로 달려가요

불빛을 차단하는 중앙분리대 사이

그와 내가 마주 보는 팽팽한 길에

흰 어깨를 드리운 구름이 방향을 지워 가요

투명한 허공을 날아 코끝을 더듬던 메밀꽃 향기

한 아름씩 내려앉는 하얀 물방울 입자들

정작 우리는 없고 흰 울음뿐

파란 늦가을 오후의 이마를 짚어 보아요

비릿한 안개 속

꿈틀거리는 검은 울음을 저녁노을이 데려가요

나는 파란 담뱃갑에서 우리를 꺼내어

한 모금 남김없이 심장까지 태워요

거리마다 가로수 잎은 황금빛으로 물들고

달은 커져 슈퍼 문이 되었어요

가장 가까워진 달과 지구의 거리

달빛 사이로 인력引力 사이로

그와 나의 경계는 아직도 불안하게 출렁거려요

바닥으로 수북이 쌓여 가는 주홍빛 낙엽

극에 달했으니 반전일 수밖에요

사그락사그락 잔뼈들 부러지는 소리 들려요

새벽

일상에 파고들어
스무 해 넘도록 멈추었던 심장
심장이 조금씩 뛰기 시작했다
로봇 몸뚱이가 꿈틀대다 전율했다

적당한 습기를 머금은 동굴 속 귀뚜라미
귀뚜라미도 새로운 가을을 알리며
울음을 터뜨렸다

점점 커지는 박동 소리
메아리치는 귀뚜라미 울음
무언가 쓰고 싶다는 생각이 어둠을 깨웠다

컴퓨터 앞에 앉자마자
박차고 나올 듯 뛰는 심장
사방에 터지는 울음

어둠 속에서
울음에 귀를 막고
한 사내가 고요히

빈 모니터를 뚫어져라 응시한다

침묵과 함께
고독이 흐르고
고독이 깨진다

정원 이야기

아트 센터 마노[*]
소나무를 잘라 정원에 묻고
그 옆에 능소화 한 그루 옮겨 심어
소나무 끝까지
감아올렸다

내년부터 뿌리 없는 소나무에
능소화 꽃이 필 것이다
난
지금 이 자리보다 멀찌감치 서서
휘감아 오른 그 꽃잎을 볼 것이다

산 것과 죽은 것
무엇이 더 나중까지 살아 견디는지

여길 지나는 연인들의 눈물
거름 되어 뿌려지면
능소화
죽은 소나무 휘휘 감고

얼마큼 어둠을 버티어 꽃 피울까

* 아트 센터 마노: 안성시 보개면에 있는 정원이 넓은 레스토랑. 현재
  는 마노 요양병원으로 바뀜.

계곡에 빠진 가을

두 다리를 굴절시키며 흐르는
잔물결을 본다

발아래 돌 틈을 유영하는 물고기
어느새 물결에 굴절되는 표정을 읽고
은백색의 배를 뒤집는다
흔들리는 참나무 그림자를 피해 숨어드는
소나무 그늘을 떠나지 않고 쉬어 가는
몇 초 사이

관계는 물그림자 사이로 이어지고 변해 간다

칠보산* 선녀탕 물을 두 손 모아 받쳐 들고
공손하게 마신다
내 몸에 선녀의 물길이 열려 하나가 된다
그녀가 내 강물 되어
산 그림자 끌고 가 잠들 때까지
숨겨진 이야기들을
하나둘 하늘에 펼친다

>
빠지면 시원해지고 빠뜨리면 궁금해진다

나를 당기는 오후 햇살이 눈부시다
구름과 손잡고
하늘로 하늘로 오르는 연어를 꿈꾼다

* 칠보산: 충북 괴산에 위치한 산.

코스모스

푸른 바다 끌고 온 하늘이
은하수를 삼켰어

점점이 공중을 수놓으며 날아간 새 떼는
코스모스 꽃으로 피고
코스모스를 바라보던 초점 잃은 내 눈빛은
분명 개밥별 사랑의 날개를 보았어

땅바닥에 떨어진 별빛 목걸이를 찾고 있어

기린 목을 하고 그대 돌아오면
주파수가 흔들릴 걸 알아
바람에 꺾인 안테나 탓이겠지

오늘 밤 내게 올 수 없는 그대
나비 되어
분홍 빨강 하양으로 허공을 날고 있어

날지 못해도 아름다운 그대
길가에 한 점으로 서서

기어이 손 흔들며

별을 그리고 있어

밤 깊도록 목 빠지게 춤을 추고 있어

목걸이를 걸어 줄게

눈꽃

대설주의보 내려진 어스름에
까마귀 서너 마리
젖은 날개 퍼덕대다 돌아간 날

대지와 가까워진 비가
눈꽃 되어 세상을 환호한다
앞산 가슴에 안겼던 새벽안개
어느새 하늘에 닿았다 내려오는 중이다

차창에 떨어지던 비의 외침이
한순간에 꽃으로 피는 건
사랑의 단축마라톤
거무스름하거나 희뿌연 형체들 모두
하얗게 하나가 된다

일기예보는 비껴갔다
흰 꽃으로 사랑은 흩날리고
자정 지나면서
별들이 하나둘
오해를 낳고 있었다

>

예정된 생生에 길들여지는 시간은
바다를 향해 떠나고
장막은 돌돌 말려 걷히고 있었다

상고대 아침

밤새 떨다
설원에 미끄러진 종종걸음
더듬더듬 개울 따라 걷는다

꾸르륵 꾸르륵 얼음장 아래
아침을 통과하는 물소리
간간이 손 흔들어 주는
억새와 버드나무 흰 꽃

긴 밤 지새운 차갑던 새벽
백 년을 살다 죽은 소나무도
지상의 시간을 지운 채
서리꽃을 피우고
봄 오는 소리에 귀 기울인다

서리꽃 피어
눈 감은 세상

서리꽃 피는 동안 난
시린 사랑의 고백은커녕

사과의 순간조차 놓치고 말았다
미련의 질문과 대답들만
하얗게 머릿속을 맴돌다 잠들었다

톡 솟은
길에 박힌 사금파리 조각이
아침 햇살을 제멋대로 흩어 놓는다
출근을 서두른다

물관

우리는 쪼그리고 앉을 일이 참 많다
한참을 앉았다 일어서면
세상이 하얀 공포로 휩싸일 때가 있다
달빛 그림자 환히 쫓아와도
그건 죽음의 그림자일 뿐
걸을 때마다 구부리고 접어야 했던
오금과 오금 사이가 아득하다

오금동 고개 허름한 이 층 술집이 스친다
그곳 방석집에서
내 오금이 얼어붙었던 적 있다
자리가 자리인 만큼
움직일 수도 없었다
한 잔 술에 빙빙
사다리를 타고 내려온다는 건
더욱 엄두가 나지 않았다

위층 화장실에서 들리는
물소리 콧노래 소리
더운 공기가 차가운 공기 속으로 빨려 들어가듯

자연스레 관을 따라야 하는 우리 몸
뭐든 적당히 흐를 때 생기가 돈다

오월 신록이
관절을 펴고 푸르게 뛰어간다

느티나무 분교

나는 아침저녁으로 여기에 들러
아들을 기다렸고
지금은 딸을 기다리는 중이다

안성시 구포동 느티나무 두 그루
둘은 칠백 년 넘게 곁에 살고 있으니
손짓 발짓만으로도 서로
소통할 것이다

무심히 지나는 사람은
늙은 교실의 모습과 덩치에 놀라
우와, 우와 소리 지르며 쓰다듬기도 하고
가끔 서풍에 떠밀려 온 비바람은
깊게 파인 그의 가슴께를 휘돌고 간다

춤을 추며 낙엽 떨구는 하굣길은
풍경을 치고 들른 바람에게
벌써부터 겨울방학 걱정을 하며
더께 진 외투를 잘 부탁한다

>
가지가 잘려 옹이가 된 시간
육 년 만에 졸업을 앞둔 나에게
그윽한 위로의 말로 다가오는 중이다

멀리 낙엽의 웃음이 굴러간다
폐교 위기는 생각지 않으므로
봄이면 다시 새잎으로 말문을 틀 것이다
많은 이들이 새롭게
입학할 것이다

우박

늦은 저녁 홀로 공장 문을 닫으려는데
후둑후둑 공장 지붕 위를 뛰어가는 소리
멈추다 뛰어가다 반복되는 그 소리에
쥐었던 자물쇠 다시 탁자 위에 놓았어

가을은 이미 문고리를 잡아당겼는데
돌풍이 지나가고 폭우가 쏟아지고
또 잠시 맑은 웃음소리 들리고

무슨 일일까 텔레비전을 켰어
배춧잎에 뻥뻥 구멍을 내고
숲속을 두리번거리다 떠난 여우 몸짓
더 이상 발걸음 소리 들리지 않았어

제2부

살판

비가 오지 않아 마디가 짧아진 오이
지난밤 내린 비로 지네발 덩굴손이 자라고
구부렸던 순이 고개를 든다
옆으로만 퍼지던 오이 마디가 밤새 자랐다
덩굴손이 허공을 타고 길게 올라야
오이도 길쭉하게 주렁주렁 달린다

배밭 포도밭은 또 어떻구
한시름 놓은 거지
나무도 사람도
사십 밀리 비에 이렇게 달라지다니
논에 물이 차고 개울물이 흐르고
이제 살판난 거야
저수지까지 물이 괴면 좋으련만
하늘에 또 맡기는 수밖에

하하 웃으며 담배 한 대 물고
호박밭으로 향하는 해찬 형님
노란 오이꽃 토마토꽃이 옆에서
해맑은 얼굴로 웃는다

고요한 풍경화

봄이 오는 길목
불쑥
거인의 아침이 깨어난다
비닐하우스에서
겨울잠 자던 트랙터가
밖으로 나온다

빈 들로 가는 트랙터 운전석
모자 눌러쓴 수염 덥수룩한 사내가
굽은 논둑길을 바라본다
막 겨울을 빠져나온 사내의 골목길
아직 울퉁불퉁하다

사람 키보다 큰 바퀴가 봄을 굴린다
봄의 거인
길에 한 숟갈 한 숟갈 홈을 파며
사내의 겨울을 갈아엎으러
천천히
농로를 따라간다

\>

논두렁 사이 마른 갈대
쓱쓱 흙을 털며 일어선다
야윈 칼바람에 휘파람을 분다
머지않아
새싹을 틔울 모양이다

가뭄

씨 뿌린 두둑
딱딱하게 굳은 땅, 한 겹 들추어 본다
흙이 머금었던 습기 한 모금조차
다 소진했다
밀가루처럼 부스러진다

물을 줘도 스미지 않으면 소용없는 일
바닥 한 꺼풀 긁어내고 물을 준다
해 뜨기 전 한 번, 해 지고 한 번

가뭄을 겪어 본 사람은 안다
바짝바짝 타들어 가는 입술
목마른 혀끝에
가슴 열어 물 한 컵 따라 주던
사투의 마른 목 적셔 주던 사람
그녀의 시간이 겹쳐 지난다

아등바등 견딘 시간
사흘 지나 늦은 싹이 튼다
물이 약이다

빠른 회복이다

사랑해야 할 삶에는 늘

산고가 곁따르기 마련인가

무박 탈출

꽃이 죽으면 나도 죽는 거라 걱정하면서도
휑한 도심에 꽃을 두고
친구는 열차를 타러 간다

피서지에 도착하면
지친 몸에 얽힌 올가미를 풀어 젖히며
파도 한 자락 움켜쥐고 술 한잔 기울이겠지

꽃은 미동도 없이 애타는 마음 숨긴 채
꽃의 영광을 위해
선풍기 바람에 순종하며 주인을 기다리겠지

무더위가 한없이 뒹구는 여름
꽃이 피어도 내 자리
꽃 져도 내 자리

꽃집을 하는 친구는
꽃이 죽으면 안 된다, 안 된다 하면서
무박 열차에 가족을 싣고
휴가를 떠난다

고요

무더위 속 강원도 산골 펜션
모든 게 먹통이다

전화기 먹통
아이코스 먹통
옆에 앉아 있는 그 사람도 먹통
나도 따라 먹통

테라스 난간
키 작은 채송화만 웃는다

들리는 건 바람에 흐르는
채송화 노래뿐

우린 서로
마른 햇살 아래 덩그러니 누워

이 먹통 세상
크나큰 고요를 듣는다

발

연말에 파헤친 도로
해가 바뀌어도 울퉁불퉁해

야식을 위한 슬픈 목적지 저만치 있는데
인도 중간에 심어진
가로수가 가로등이 걸어가

그들을 피해 가는 길
땅속으로 허공으로
발이
또 익숙해지고 있어

잠시 설움에 젖어
웅덩이에 빠지면 안 돼
허기진 한 끼 밥에 조급함이 걸려
진흙땅에 넘어지면 안 돼

어두운 길
발등에 등불 걸고
파김치 발걸음에 불끈 불 밝히며

환하게 걸어야 해

길가 뿌리 깊은 이팝나무
고봉의 꽃 피우듯
발은 우리의 버팀목
내일은 날개 되어 날아야 해

하현달

밤새 저런 눈으로 기다린 것이다
회색빛 푸르스름한 하늘을
저렇게 애절한 눈빛으로 새벽까지 걸어온 것이다
발자국도 없이
하늘빛 등지고 누운 내 어둠 들추며
아직도 바라보고 있는 하늘의 마술사
깊은 잠에서 깨어난 저 어슴푸레한 눈빛은
누군가 사랑하고 있는 것이다
내가 웃으면 따라 웃고
내가 무표정하면 가만히 바라보고
찢기어 가는 허공으로 새가 날아도
머리 위에 머물러 모습만 희미해질 뿐

새벽에 떠밀려 몸을 숨기는 것이다
기다림의 시간이 그렇게 지워져 가면
눈을 감았다
감았다가 밤으로 와 또, 기다리는 것이다
파리한, 파리한 눈빛으로

두려운 건 소리 없는 변화

머물지 않으면서 머무는 그대는
내 영혼의 비둘기인 것이다

수선

사철 푸르던 팔십 먹은 소나무가 말라 간다
겨우내 허리를 감쌌던 지푸라기가 흘러내리고
철사가 느슨해졌다
춘삼월까지 줄을 더 단단히 조여 맨다

세탁소 아저씨가
보따리를 받아 쥐고 나선다
정강이 하나 엉덩이 반쪽
보따리 밖으로 삐져나온다
찔끔
흘러내리는 할아버지 눈물이다

이번이 마지막일 거라며
점점 야위어 가는 허리춤을 추어올리는 할아버지
혼잣말은 뾰족뾰족 바늘되어
돌아서는 아저씨 등짝에 박힌다

다리 살 한 점 허리 한 귀퉁이
뜯어내고 잘라 내고

\>

반듯하게 옷걸이에 업혀 돌아온 바지

당신은 입어 보고 돌아 보고

틀니 빼 낸 얼굴이 한하도록 웃는다

얼굴도 바지도

한순간

딱 맞게 주름이 펴졌다

팔팔 버스*는 종점이 없다

아직 어두운 창밖
김 서린 유리창마다 하트가 그려진다

눈동자가 불 밝히는 인력시장과
눈동자가 퍼덕이는 학생들의 아침
그들은 제각기 목적지에 내려 종종걸음 친다

의료원 앞 금산오거리 시청 시민회관
보건소 하나로마트 한경대 농심
다시 의료원 앞

지구 일곱 바퀴 반을 돌아도
내릴 곳 없는 사람이 있다
낮 동안 내내
운전기사 눈치를 살피던 58세의 그가
종점 없는 거리로 나오자
저녁 어스름이 따라나선다

차창에 그려 놓은 하트는 이미 별똥별이 되었다
발걸음마다 밟히는 별똥

남아 있는 이별의 꼬리를 어둠이 지워도
종점 없는 팔팔 버스는 기억을 따라 돈다

사랑이 떠나고, 사람도 떠나고
지금은 폐선이 된 88번 버스

* 팔팔 버스: 경기도 안성 시내에 있던 순환 버스.

사마귀

한여름 강가
땡볕에 몸을 말린다
빼곡한 쑥부쟁이 틈에 올라앉아
거친 발톱으로 푸른 잎 딛고
빳빳이 꽃잎에 고개 세우고 지나는 시간
천의 얼굴로 굶주림 견디며
툭 불거진 눈알 굴린다

풀잎의 작은 미동에도
가시 발 치켜세우고 공격 자세 취하지만
한낱 지나는 바람인 걸 알고는 곧바로 온순해진다
발 빠른 처세술
난 잠시 겸허해져 나를 돌아본다
나도 사마귀나 되어 볼까
빠르고 슬기로운 판단으로
마주한 현실 단숨에 읽을 줄 아는

새벽이 밝아 올 때까지
먹이도 사랑도 찾아오지 않았다
끈질긴 적막이 더 푸르다

풀잎에 초롱 이슬만 맺혔다

그의 자세는 그대로다
그렁그렁한 눈망울에 달려드는 안개
안개에 젖은 오줌싸개 앞에
훌훌 벗어 놓고 달아나는 새벽길이
하얗게
하얗게 스러진다

가을 부엌

자갈들의 어깨가 움츠러드는 바닷가
안면도 어시장엔 붕장어 철이 지나고
반쯤 말린 꾸러미 속 조기가
한 마리씩 아궁이 안으로 빠져들 때
손님들 여기저기 탁자 앞에 마주 앉아
그들만의 대화를 나눈다

죽어서 자연산이 되는 왕새우를 아는가
펄떡 뛰는 양식 새우는 죽은 것의 반값
결국 망설임의 끝이 되곤 하는 양식산
왕소금 위에 누워 팔딱거리다 뜨거워지는 등
붉게 휘어 간다
따다닥 딱딱, 가을 노래 들린다

벼를 베고 돌아온 아버지
게장 담긴 항아리 곁
찬 우물에 장딴지를 씻으신다
발걸음은 서걱서걱 모래알 부엌 지나
안방으로 향하고
윤기 나는 쌀밥에 게 한 마리 찢으며

한 사발 가을을 드신다

서늘한 바람은 찬장 종지에 매달리고
어머니는 비린 여름의 기억을 말려
찬장 옆에 걸어 둔다
가을 부엌은 그렇게 어머니 겨울을 노래한다

허수아비

지금은 새를 쫓지 못하고
목표하던 생각의 끝에서 흐트러져
화려했던 욕망 속으로
점점 썩어만 가는 유택

바람에 비틀거리고
빗방울에 어깨 늘어뜨린
멍한 눈망울

한 가닥
타다 남은 희망과 미련 앞에
실눈을 뜨고
저녁 불빛에 몸 던질 때
무진장 쌓아 둔 기억을 더듬는다

솟아난 땀방울에 젖어
너울너울 춤추는 자신을 보렴
음악의 울음 앞에
꺼져 가는 몸짓으로
비틀비틀 미쳐 가는

네 허약한 몸뚱일 보렴

초점 잃은 네 눈으로
무얼 찾을 수 있어
흐느적거리는 너의 두 팔로
무엇을 잡으려는지

차라리 덤벼라
바람에 맞서 너울대는
진솔한 허수아비 되어라

표준전과

가파른 산길에
풀썩, 종이 무덤이 밟혔다

토방은 당신에게 한 모퉁이를 내어 주고
당신은 사과에게 일일이 점수를 매겼었지
나는 딱지치기로 해를 넘겨 먹고
구슬치기로 어둠을 데려오곤 했지
골방에 살던 침묵이
무어라 말하려다 꿀꺽, 참아 내곤 할 때
시간은 이미 가방 안으로 숨었고
어둠이 먹다 남긴 햇살은
당신의 사과 봉지를 비추기도 하였지

글자마저 희미해져 쌓인
전 과목의 해답이 들어 있던 그 책
그때 익혔어야 했을 답案
나는 지금
당신이 한 장 한 장 겹쳐 보냈던 하숙비를
풀썩, 밟으며
당신에게 가고 있다

>
당신은 오늘도 굵게 주름진 손을 떨며
산길에 쌓아 둘 표준전과를
한 장 한 장 찢고 계신다

고추잠자리

서둘러 가을 비행을 한다
또록또록 갈색 눈망울 굴린다
어떤 기쁨이 차오르고 있을까

붉은 몸통 누른빛 가슴으로
생이 달구어져 간다

구름 사이 햇살 길 수놓으며
비틀비틀 사랑을 한다

생맥주에 취하던 여름날이
산 그림자 너머로 떠나며 돌아본다

비상과 낙하 혼란을 거듭하는 사이
어스름이 덮쳐 오면 차창에 돌진하기도 한다

빛과 어둠을 배회하는 사이
바퀴에 깔려 죽기도 한다

추락 직전 노을이 그려 놓은 바다로

물수제비뜨며 발길질하던 차가운 저녁이 있다

아침이면 풀숲 아래 물구나무서서
젖은 날개 말리며 새로이 비상을 꿈꾼다

해가 뜬다
남은 생生
어제와 다른 오늘을 기다린다

아마씨

젤리 향 아니, 몰라
노랑 아니, 저녁 어스름에 떠오르는 달
아이, 몰라
아무것도 생각 안 나
그냥 동그랗고 투명하고 납작한 것
토끼 얼굴에 올라앉았다
세상을 환히 볼 수 있게
비누가 되어
당신 얼굴을 맑게 씻어 주는 일
따뜻한 차 한 잔으로
유폐된 몸에 자유를 주는 일*
그게 임무야
너무 많은 기대는 하지 마
뭐든 과하면 독이 되니까
지나치면 몸이 가렵기 시작할지 몰라
아무 때나 찾아와도 돼
아마 사람으로 태어나지 못해 아마씨일 거야
세상에 태어났으면 좁쌀영감이었을 거야
크리스마스트리의 꼬마 불빛처럼
하얗게 잠을 자는

아마 너는 꿈꾸는 바람
아직 자라지 않은 그늘이었을 거야
슬픔에 옷을 입히는 순수
그 자체였을 거야

* 『돈키호테』에서 인용.

기러기 날다

설날, 할아버지께서
"얘들아, 기러기 보러 가자" 하신다
신이 난 손녀 손자들
색동옷에 나비춤 추며 우당탕탕
따라나선다

기러기 장 문을 열자
푸드득, 한 녀석이 날아가고
함께 있던 녀석들 우루루루
뒤쫓아 날아오른다

잠시 하늘이 까맣게 흐렸다 갠다
문 닫을 겨를조차 놓친 할아버지
하늘 한 번 아이들 한 번 번갈아 쳐다본다
들릴 듯 말 듯
"허허, 고녀석들" 하신다

앞산 솔바람 불어온다
기러기 장을 둘러싸고 있는 잣나무 참나무
서로 어깨 기대며 바람을 맞는다

깔깔대는 아이들 웃음소리
할아버지 수염에 주렁주렁 매달린다
날아가는 기러기 떼 보이지 않을 때까지
박수 치며 소리친다

설날, 그들이 떠난 날
허공이 즐겁다 아이들도 즐겁다
할아버지가 부화시키고 키웠으니
늘 안타깝고 그리운 당신 고향 황해도
그곳으로 훨훨 날아가고 있겠다

구덕산*을 바라본다
—친구 유근영을 기리며

가랑비가 다소곳이 내린다
바느질 땀을 넓게 뜨는 듯
느릿느릿
아내는 곁에서 고개를 숙인 채
혼잣말처럼
술을 좀 끊어 보란다

자수刺繡가 산수화 사이로 천천히 걸어가는 동안
반가운 웃음이 걸린 초승달을 뚫어져라 바라보다

어쩌면 조금은 결연한 마음으로
마지막 한 잔 눌러 담으며
외로 갸우뚱 머리를 들고
지천명 하늘을 마신다

아내가 수놓은
바다 깊은 자개장이 배경으로 걸린
풀 먹인 동정과
파르스름한 옷고름이 가슴을 찌른다

>

고목이 되는 사랑을 어찌해야 하나

구덕산 너머 내 마음의 등고선을
구름이 넘다 지쳐 비를 뿌리고
잠깐 떠오른
무지개 어깨가 넓고도 멀다

늦여름을 풀어헤친 매미의 날갯짓에서
제한된 시간이 쏟아져 내린다
나는 골마루 넓게 품은 화문석 위
봉황 꿈에서 깨어 보니
어느새 눈썹이 순해졌다
멀리 대한해협이 보인다

* 구덕산: 부산광역시 서구 서대신동 서쪽에 있는 산.

그녀의 페이지

빵 위에 계란프라이 그 가운데 말랑말랑한 노랑을 얹어
넥타이를 매고 있는 남자의 입에 밀어 넣는다
남자는 입 안 가득 우물거리며
뒤축이 접힌 구두를 끌고 현관문 손잡이를 돌린다
아이는 식탁에 앉아 졸면서 밥을 먹는다
밥 몇 술과 소시지 몇 점이
껄끄럽게 뒤엉키는 사이
그녀는 신문 머리기사를 훑어가며 빨리빨리를 외친다
단, 십 분 만에 주르륵 읽어 내려간
그녀의 아침 페이지들
잠시 눈을 들어 인스턴트커피 한 잔에 숨을 돌리고
7시 59분이 지날 때 다음 장을 넘긴다
그녀가 성급히 성에 낀 유리창을 닦고
눈꽃 같은 아이를 태우자마자
눅눅한 시동을 건다
계절이 바뀌어도 변하는 건 옷뿐이다

두터워지거나 얇아지거나
혹은 구멍이 나거나

제3부

효자손

흰 꽃 앞에서 경계의 눈빛만 반짝이던
고양이 한 마리
한참 동안 당신의 사각거림에 귀를 세웁니다

이 박 삼 일 수학여행을 떠난다며
밤새 조잘대던 새 한 마리에게 할머니는
허리춤에서 꺼낸 꼬깃꼬깃해진 만 원짜리를 펴
주머니 속에 꼭꼭 넣어 줍니다

따뜻한 남쪽 바다를 한 바퀴 돌고 온 참새는
가방 속에서 작은 선물을 꺼내어
목덜미로 통하는 어둠 속 골목
가려운 곳을 긁어 줍니다
할머니는 잠시나마 은빛 시간을 일으켜 세웁니다

할머니 문갑 위에
조그맣게 구부러진 조막손이 있습니다
효자손입니다

전봇대가 있는 골목

앙상하게 흔들리는 입맞춤 소리
가녀린 소녀가 쓸어 넘기는 기침 소리인가 싶다가
매를 맞고도 달아나지 못하는 돌인가 싶다가
얼어 버린 하늘을 본다
빙판을 미끄러져 가는 한 잎 낙엽
지그시 감았다 뜨는 새의 눈꺼풀이 무겁다
혼잣말처럼 다가오는 쪼글쪼글한 바람
소년은 젖은 베개를 끌어안으며
검은 이불을 머리끝까지 뒤집어쓴다
눈이 오지 않아도 밤은 하얗다
눈동자 위를 걷는 발걸음 소리
그 뒤를 따라오는 다른 발걸음 소리
뚜벅뚜벅 공포가 밀려와도
닫힌 풍경을 열 수가 없다
소년이 뚝, 뚝, 뚝, 녹아내리고 있다

당신은 민들레
—안성 〈평화의 소녀상〉 내혜홀 광장 제막식에 부쳐

지난 길을 따라가면

환한 미소

봄날 노랗게 피었을 민들레꽃

짓밟힌 어느 날 보이지 않는 고통과 상처로

청춘의 꽃은 피어나지 못했습니다

오로지 침묵뿐, 말을 잃었습니다

70여 년 아픔을 물고 지낸 시간의 무게만큼

동구나무 아래

할머니의 할머니가 기다리고 기다리던 세월만큼

오늘은 뜨거운 태양 아래

여기 내혜홀 광장 당신 앞에서

우리 함께 소원을 빕니다

당신의 눈물 강 밖으로

다시는 이런 비극 없는

평화로운 세상이 되게 해 달라고

참으로 혹독한 겨울을 견뎠습니다

청춘의 꽃은 진실의 꽃으로

민들레는 이제 세상 들판에 파랗습니다

휴일

절터였으면 좋을 친구의 오두막
세속에 매인 목줄을 풀고
찻길에서 까마득한 산길 오른다

지천으로 몸을 흔들며
코를 찌르는 노란 들국화
길 따라 걸으며 듬성듬성 머리를 자른다

세 번을 찌고 말려 우려낸 꽃차는
머리를 비우는 정화수가 된다
잘게 썰어 베개에 다져 넣은 대궁은
새롭게 태어나 꿈꾸는 영혼이 된다

"어이! 여보게! 며칠 후 식사 한번 하게
스케줄 보고 전화 한번 줘?"

아내와 통화하는 소리다
잊어버렸던 문명의 이기는
재래식 화장실이 두렵고
미세먼지와 스트레스 날릴 온수가 없어 싫고

생면부지한 미물들이 징그러워 오지 못하는

낮이 짧은 산자락
멧돼지 오소리 고라니, 산짐승들에 무서운 마음
동물 퇴치기로 안심시킨다
누군가 곁에 있길 그리던 가슴 잠그고
작은 소리에도 커져 갔던 귀 닫는다

잠자리 날갯짓에 구멍 난 바위 옆
줄무늬 호박에 걸터앉아
먼 마을로부터 불어오는 솔바람 맞는다
달빛 으스러지게 내리쏟는
보름밤 그 작은 세계 그윽한 정취

눈 오는 새벽

장대 끝에 달아맨 낫으로
우두둑, 뚝
눈을 털며 한겨울 소나무 가지치기를 하셨어
방앗간에 업을 두신 터라
남들처럼 땔감을 비축할 수 없었지

언 가지를 불쏘시개 위에 얹으면
겨울은 흰 연기를 피워 물며 따다닥, 딱
여문 콩깍지
비틀리는 소리가 났어

대롱대롱
솔잎 끝마다 녹아내리던
초롱 구슬 눈동자 타들어 가는 하루
어머니 눈에 매운 눈물이 났지

아궁이 앞에서
말없이 불빛에 흔들리시던 아버지

두텁게 금이 간 거북 손등으로

연기를 쫓는 사이

골 더 깊게 패던 주름살 하나

386세대

눈 오는 저녁
수연 아빠는
눈을 잃어버렸다
하는 수 없이
투잡으로 하는
대리운전을 포기해야 했다

닷새 전에는
아내가 사 준 장갑 한 짝을
손님 차에 두고 내려
벌겋게 언 손을 들켰다
손님과 악수하고 장갑과 이별했다

보름 전 새해가 되었다며
딸이 선물한 지갑을 챙겨 나가더니
퇴근길 과자 몇 봉지 사고
아뿔싸, 지갑을 놓고 왔다

버는 것보다 잃어버리는 게 많다고
핀잔하는 아내에게

"전화하면 찾을 수 있을 거야" 하며
휴대폰을 찾는데 없다
연락의 고리마저 끊어졌다

오늘도 새록새록 눈 내린다
천지가 만나는 밤은 유난히 새하얗다
울타리 없는 세상
그가 꿈꾸는 세상은 어디쯤일까

새로운 봄이 오고

겨울비 우울한 재즈로 내리는 금요일 저녁
주문 전화가 화려한 소리의 색감들로 달려든다
순번은 절망의 바다에 파도 소리로 수북이 쌓이고
배달은 점점 늦어진다
비릿한 겨울비를 삼키며 달리는 통닭집 사내
헬멧 안경에 뿌옇게 차가운 안개 서리고
날 선 뭉툭한 칼에 조각난 닭들
펄펄 끓는 기름 바다에 풍덩풍덩 뛰어든다
뜨거운 살갗으로 올리브유를 핥는다
살 튀기는 소리 빗소리보다 요란하다
아내를 보내던 날
화장장에서 듣던 소리를 날마다 다시 들으며
희망의 바다 앞에서
절망의 바다를 삼 년째 건너는 중이다
끝을 맛본 사람은
밀려드는 슬픈 파도에도 헬멧 끈을 입에 문다
바닥에서는
아무도 손잡아 주는 이 없다는 걸 안다
이번 겨울 지나
새로 삼 년만 더 버티자고 다짐하고 다짐한다

조금씩 가슴이 트이고 새싹이 불쑥불쑥 움트는 힘
그런 희망으로
빗물에 젖은 오토바이 의자를 닦는다
부릉부릉 시동을 건다

3월의 눈

주먹만 한 눈송이들이
허공을 찌르며 시야를 가린다
땅에 딛자마자 까맣게 눈을 감는
이별을 두렵게 하는 환희의 흰 꽃들
춘분의 커피 잔 앞에서
우리의 봄을 놀라게 했다

쏘옥 내미는 어린잎 심장에
건조하게 대지를 걷던 우리의 어깨에
강가에
창가에
마구 흰 털옷을 입혔다

눈을 뜬 초록들이 다
오들오들
어미를 기다리는 둥지 속 새끼처럼
떨었다

여울지는 바람에 돋아나는 소름들
소름을 지우려 안간힘을 다하는 초록들

우리는 변명의 모자를 쓰고
겨울과 봄을 갈마보며 고개를 돌렸다

나도 힘껏
3월의 문턱을 넘어서야 했다
억지로 어깨를 나란히 한 방향으로 걸었다
눈이 서로 마주친 순간
새삼스레 웃었다
벙어리가 되었다

전화벨이 울었다
―김명서 시인의 소천 소식을 듣고

화단의 꽃잎도
빗방울 체중을 감당 못 한 채
축 늘어져 간다

양철 지붕 딸랑딸랑
방울 소리로 울고
처마 끝 셀 수 없는 눈물 줄기
세상 미련 다 매달고

슬픔은 사랑채 지붕 위로
콩 볶듯 튕겨 다시 안개가 되고
샘가에 놓인 자배기
한눈팔 새 없이
철철철 눈물로 넘친다

슬픈 소나기 지난 자리
짙푸른 세상이 남겨지고
앞산
새하얗게 피어나는 안개
골골이 헤엄쳐 무심히도 흐른다

\>

그리움에 멍든 가슴 하얗게 부서지고
어지러운 잡음과 상념
발끝에 매달린다
머물 곳 어디인가

철사 옷걸이

어깨 위로 흐르는 녹슨 시간들
자전거에 실려
공사장 모퉁이
골목을 빠져나온다

지나온 길
구겨진 어깨 주름진 다리
수많은 발자국들 반듯하게 펴
하얀 살갗 위에
폼 나게 걸어 줄게

긴 코트는
무겁지만
늘어짐은 싫어
겹겹이 포개어 잡아 줄게

좁은 어깨라도
상관없어
한 몸 잘록하게 휘어
그 눈물 거두어 줄게

>
봄 여름 가을 겨울
코팅된 사랑 땀방울 범벅들
마음까지 보듬어
여기 내려놓을게

별꽃

기력이 몽땅 소진된 주말이다
밤새 버티려면 장기전에 돌입해야 한다
낚시 의자를 가져와
최대한 길게 눕는다

지그시 눈을 감는데 기침이 난다
기침할 때마다 빙 두른 눈가 혈관에서
무언가 불쑥불쑥 해바라기씨처럼 튀어나와
빛을 뿜는다
질척한 생각들이 붉게 솟구쳤다 사라진다

박주가리 새박덩굴 담장 기어오르며
별꽃 필 때
열 일 마다 않고 꿀벌처럼 달려가
무심히 꽃을 들여다보곤 했던 날들

고향을 지키며 나를 돌봐 주던
마당가 커다란 오동나무 아래서
엄마가 함빡 웃으며 기다리던 날들

\>

그런 생각이 스칠 때마다 난
내 눈물을 사치라 여겼다
더욱이
편의점 24시 굴렁쇠 안에서
시간은 몸살을 허락하지 않았다

깡통구이

밤새 마블링된 대기자들이
뜨거운 무대 위에 오른다
부위별로 잘린 육신이 불춤을 춘다
팽이와 송이버섯 양파들은 백댄서가 되고
산 자의 이글거리는 눈빛이 꽂힌다
여기는 둥근 무대 공평한 자리
소주잔 털어 넣으며 익은 살점과 함께
자신의 생을 씹는다
연인들은 가슴 두근거리며 입맛 돋우고
다투던 사람들은 서로
미운 마음 꺼내어 술잔에 적셔 달랜다
검게 탄 살점은 무대 밖으로 내몰리고
붉은 숯덩이 하얗게 변하면 판을 바꾼다
이쯤에서 관객들
꼬았던 다리를 풀고
꼬였던 마음 실타래도 슬슬 풀기 시작한다
새로운 무희들이 올라오고
관객들은 의자를 바짝 당겨 앉는다
서로 조금씩 가까워진다

추석맞이

당신의 생전 모습대로
봉분을 깎아 드립니다

자주 손을 보지 않아도 편하다던
그 말씀이 사실은
한 푼이라도 아끼려던 당신 심정임을
이제 압니다

이곳에 오기 전
당신의 무밭에 물을 뿌렸습니다
고랑을 파고 두둑을 만들고
당신께 조금 더
다가선 듯합니다

당신도 행복하셨던가 봅니다
이틀 후부터 새싹이 돋아났습니다

바람도 함께 잠들었다

밭둑에 박힌 말뚝들이 제멋대로 기울었다
삐뚤삐뚤 말뚝에서 말뚝으로 쳐 놓은 그물은
이미 그물 노릇하기 글렀다
주범은 바람이었다
여기저기 늘어지고 찢긴 울타리 안
때 이른 서리에도 석잠풀은 파랗다
지상으로 길게 안테나를 뽑은 석잠풀
뿌리 끝마다 누에 닮은 애벌레가 살았다
군락을 이루고 사는 그들에게
고라니가 가끔 쓰러진 말뚝 너머로 침입하려다
그물이 코끝에 닿으면 되돌아섰다
멧돼지는 그물 밑으로 땅굴 작전을 개시하여
밭을 샅샅이 뒤지기도 했다
쉽게 파고들고 쉽게 돌아서고
세상 인심처럼 그랬다

겨울 석잠풀은 정신을 맑게 해 준다
아삭아삭 평화롭던 옛 기억을 되살린다
나는 너를 떠나야 했다 석잠풀
도심으로 나섰다

건물을 가로지른 플래카드가 이쪽저쪽에서 펄럭였다
바람 불 때마다 플래카드를 지탱해 주는 각목이
푸른 건물 벽을 탕탕 때리기도 했다
거리 곳곳에 쓰레기들이 몰려다녔다
나를 따라 내려온 마른 풀잎 하나가
내 바짓가랑이를 떠나 대숲 소리로 사라졌다
너는 푸른 석잠풀 아래
나는 차가운 이불 아래
주름 잡힌 몸으로 돌처럼 누워 가만히 꿈을 꾼다

바꿔치기

조금씩 줄어드는 페트병 속 영혼

삼 년 전
장인어른께서 손수 담가 온 환상의 맛 포도주
지금은 아내의 눈물이 되어 버린 술
손 뻗으면 언제나 닿는 깊숙한 그 자리
찬장 구석을 지키고 있다

내 허락 없이 절대 먹지 말라던 아내

아내가 잠든 사이
밤마다 찬장 문 여닫는 도둑고양이 한 마리
오늘도 살금살금 손을 뻗어
와인 잔에 반쯤 채우고는
조용히 한 모금 들이킨다

"우웩, 우웩, 퉤퉤퉤"

수도꼭지를 틀고 연신 입을 헹구어도
고약한 냄새와 짠맛은 가시질 않는다

당신의 분신 아내의 술
그걸 훔쳐 먹은 맛이
밤새 가슴까지 비리고 짰다

바꿔치기할 줄 꿈에도 몰랐다

잠에서 깨지 않은 아내여
난 오늘 포도주를 절대로 먹지 않았다오
까나리 액젓 한 입 꿀꺽했을 뿐

훈련소

다른 삶의 한 계단을 두드리며
작은 배낭을 메고
세월 앞에 놓인 새로운 문을 열기 위해
넌 잠시 떠나는 거다

사립문 열던 할아버지 봇짐을
대문 열고 들어서시던 아버지 지게를
문간에 기대어 놓고

아들,
은행나무 뿌리에서 돋아난 봄 잎을 보듯
난 널 바라보고 있단다

훈련소에 널 남겨 두고 돌아오는 길
나무들은 모두 뒷걸음질 치며 달려가고
산들도 느릿느릿 경보하듯 멀어져 갔지

자동차 핸들은 거꾸로 달려 있고
눈과 가슴 팔다리도 반대로 가는데
낑낑대며 열어젖힌 차창 밖으로

고속도로도 발 바꿔 내달렸단다

제도적 굴레로 성년이 되는 날
의무로 겪어야 하는 터전의 테두리는
네가 건너야 할 건널목이란다

엄마의 탯줄에서 나라의 젖줄을 잡고
씩씩하게 발맞추어 막사로 들어간 너
그동안 여리게 뛰던 네 가슴에서 멀어져
세월을 꺾으며 달음질치는
다른 네 얼굴을 보아라

새롭게 우뚝 선
네 자신에 기대어
진정 너를 사랑하게 될
너의 얼굴을 만날 수 있으리라

꼬리가 아홉

오존층의 두께를 조금씩 저미어
땡볕을 나르기 시작하는 유월
유월은 바람마저 밤하늘에 잠을 청하지

어릴 적 엄마
화장품이 뭔지도 모르던 시절
오후로 접어드는 시간이면 어김없이
진한 화장발에 빨강 양산 앞세우고
살랑살랑 외출하는 여인이 있었어

한겨울에도 아이에게 구멍 난 바지를 입혀
학교에 보내던 여인
동네 사람들은 그 아이 고추를
못 본 사람이 없었지

바깥마당 저쪽 개 밥그릇에 더덕더덕
파리가 달라붙고
여인의 밥상에도 그랬어

원주민 모두 포클레인에 떠밀려

고향을 떠나야 했는데
어찌된 일인지 그 여인 홀로 남았지

그 집 마당에는 잘 빗질된 진돗개와 사료
출입문에는 파리의 침입을 막는 비닐 커튼
거실에는 반짝이는 식탁이 생겼어

해마다 유월이면 생각나
진저리로 다가오는
두 손 비벼 대던 파리들

겨울 바다

겨울 바다는 잔잔한 날이 드물어요
파도는 날마다 일렁이고
하늘로 하늘로
염분을 뿌려요

해안가 철조망은 쉬이 녹슬고
전선 피복은 빨리 상해요
입술과 뺨
얼굴은 더 거칠어지고 잘 갈라져요

하지만 매일매일
먼 바다로부터 싱싱함이 차올라
플랑크톤이 키워 낸 고래와
물고기들이 생동생동해요

조용한 해초 풀밭을
다른 고래가 뜯고
바닷가재와 게가 싸워요
수면 위로
돌고래가 춤을 추고

모래밭에선 거북이들이 깨어나요

춥다 춥다 떨어도
살얼음은 가장자리에서만 서성거려요
겨울 바다는 언제나 꿈틀꿈틀 다가와
발 들어 살얼음을 툭툭 차 보곤 해요

제4부

석남사 구름

바라만 보지 마라
고요 속으로 들어가 보라

그대 앞에서
속세의 말 모두 삼키고 나니
맑은 계곡 물소리 들린다

대웅전 오르는 동안
어깨를 누르는 돌덩이 돌담으로 쌓고
비우려는 생각까지 비워 낸다

촛불을 켠다
마음속 무겁던 돌마저 타올라
노을이 된다 내가 점점 사라진다

흰 구름 한 줄기
서운산 이마에 얹혀 있다

수신修身

같은 높이의 허공을 조롱조롱
까맣게 수놓고 있는 포도송이를 본다
경작하지 않으면
야생의 숲이 되는 대지

네가 서 있던 포도넝쿨 아래
뒤돌아서면 일어서던 고랑의 풀
그 풀을 나는 묵묵히 뽑고 또 뽑았다
풀을 뽑는 일은 시름을 꺾는 일
부지런히 갈고 닦아야
내 어둠을 물리칠 수 있다는 걸 알았다

풀을 매고 나니
멀리서도 보이는 네가 있어 고맙다
풀이 대지의 젖꼭지를 빨듯
찰싹 허공의 젖줄에 혓바닥을 대고 있는
맑고 깊은 네 존재의 심연
그곳에서 천천히 환한 달 하나 솟아오른다

외로운 사람 곁에

행복한 풍경으로 남고 싶은 포도밭 한가운데
네가 있어 내 연못 속에도
고요가 숨 쉰다

해송

어쩌다 낭떠러지에 매달려

아무것도 모른 채 눈을 떴다

해풍에 날아온 씨앗 하나

어느덧 자라

야맹증에 시달리는 밤 깊어도

파고를 가르는 무한의 소리 듣는다

뺨을 때리는 숱한 바람과

철썩거리는 파도의 손찌검에도

날카로운 촉수로 몸을 지탱하며

절벽에 서 있는 저 감탄사

>

벼랑 끝에 서 보지 않고 어떻게

숱한 벼랑 끝 바람 소릴 들을 수 있겠는가

이제는 세상의 쓴물 다 게워 내며

바람과 파도의 살을 갈라 도려내며 천연덕스럽게

춤사위로 장단 맞춘다

4월

사월은 첫사랑 입술을 가졌어
찬란한 단비 뒤
차갑게 떨리는 입술로 툭, 꽃샘 건드리면
탱글탱글한 꽃봉오리 쏘옥, 꽃잎을 열고
밤새
어린 초록이 주먹을 조금씩 펴고 있어

황사 옷 벗어 던진 나뭇가지 사이
뭉클 보름달 얼굴 내밀면
활을 세워 맑은 음으로 산을 오르는
봄의 해금 소리 들려

새벽달 지붕에 앉아 누런 얼굴 씻고
뽀얗게 화장을 하고 있어
둥그런 미소 환하게 번져 가고 있어

달빛 화살들 지상으로 뛰어내려
입술이 촉촉해지는 사월의 밤
만물이 꿈틀
지상과 지하에서 입맞춤 뜨거워

부드러운 달빛과 포옹하는 순간
심장의 두근거림 멈출 수가 없어

행복한 자의 창

세상이 이렇게 밝은 것은
늘 하얗게 웃는 네 얼굴 때문인걸
세상이 이렇게 따스한 것도
항상 땀을 쏟는 네 발길 때문인걸

세상이 이다지도 깊은 것은
언제나 토해 내는 네 숨결 때문인걸

세상은 세상으로
네 맑은 가슴은 네 숨결로 너울대며 깊어 가는 것을

그리움에 절인 그 절규로
세상에 던져져 움튼 네 놀란 두 눈에
가없고 구멍 나지 않는 네 심장의 불을 밝히어라

쓰러졌다 일어서는 오뚜기 되어
우뚝
세상 끝에 설 그날까지

눈, 새로 뜨다

기쁨이 서성이던 금요일 저녁
무언가 뜨거운 것이 주르륵
볼을 타고 흘러내린다
눈을 감아도 또렷이 보이는 너

내 눈에는 너만 보였다
아파도 아프지 않던 시간들
너는 백만 송이 붉은 장미
나는 겹겹의 흰 장미 한 송이

불자동차가 앵앵거리며
재로 변한 네 자리를 통과한다
아무것도 보이는 게 없어
미련도 버려야 했다
오지 않을 사람은 결코 돌아오지 않는다

질끈 눈을 감고 인내하면
몸과 마음의 눈도 서서히 닫힌다
피부 숨 구멍까지 닫고 견딘 겨울
새롭게 눈 뜨니 봄이다

함께한 순간이 모두 한 줌 빛이었다

미륵

우리 동네 삼거리
넓적한 바위 하나 살고 있네

칠순 지나
동네를 읽고 있는 은행나무집 노인
날마다 거기 앉아
손바닥에 침 발라 백발을 빗고
양손 엇바꾸며 수염을 쓸었네

무언가 보이는 순간
냅다 소리를 지르곤 하던 삼 년
엄동설한 새벽부터 동네가 웅성대더니
급기야 얼굴 쥐어뜯어 흐르는 핏자국
바위 살갗에 남기고 떠나갔네

마을 갔다 오던 길
눈 쌓인 그믐
천지가 하얗게 얼어붙은 밤
후욱, 바위 속으로 휘어드는 서기瑞氣를 보았네
흠칫 놀라 주춤주춤

뒷걸음질 쳐 돌아왔네
그 빛을 숨기려 마을에선
바위를 일으켜 세웠네

꿈틀거리는 굴레를 그 뼈 안에 묻었네

미륵
햇살을 먹고 먹고 어렴풋이
남겨진 미완성
바위로 살아 살아
시간에 씻기며 울퉁불퉁

굳어진 정강이 아래
풀 한 포기 돋아나네
속눈썹 안으로 이어진 진리眞理를 보네
무아無我를 만나러 가네

겨울 산
―어머니

눈 빛에도

눈빛에도

빛을 던져

하얗도록

사랑하겠다

저물녘

치마폭으로

어둠을 덮어

하얗도록

꿈꾸게 하겠다

각주구검*

맑은 물에 빠졌구나
들여다보면 건져 올릴 수 있으련만
보이지 않는구나

어쩌다 헛발 디뎌 흙탕물에
허우적댈 때
목마른 손목 당겨 줄 이
아무도 없어
속으로 스미어 진흙탕까지 밟는구나

무지몽매 텅 빈 머리로는
꽃을 피울 수 없으련만
얼마나 더 고뇌의 늪을 헤매고서야
시詩의 꽃대
밀어 올릴 수 있을까

* 각주구검刻舟求劍 : 배에 표시를 해 놓고 칼을 찾다. 즉, 변화를 두려
  워하는 사람을 일컬음

통사通史

중심을 틀고
수천 땀 수천 매듭
맷방석을 짜던 아버지
무릎으로 기어 보니 매듭에 채어 아프다
팔꿈치로 몰려드는 혈류
당신 손끝에 전해지고
디디는 발바닥 촉감
귀뚜라미가 사는 동굴 속으로 빠져든다
삶과 죽음의 비밀을 간직한
지푸라기들, 땀방울들
그 깊은 한을 엮어
맷방석이란 꽃을 피웠으리
오늘
맷방석에 누워
지구의 중심
천정을 본다
지붕 틈새로 새어 나오는 햇살에게
검지를 펴 보이며
찬찬히 묻는다
당신의 숨결 매듭의 역사를

한가위

엄마 오늘은 왜 달이 없어

날이 흐렸잖아

아, 그거 쉽구나

딸아이의 대답,

올해도 정겹던 달이 사라졌다

많은 사람들 달을 따라 떠나고

어슴푸레 빈 밤만 홀로 남았다

사람 발자국 달에 새기고 온 지 오래

술 한잔 마시고

이번 한가위 달은 벌써 잠들었다

아이도 잠이 들었다

계단처럼

타지 않는 자전거와 헬스 기구
쓰다 버린 가구와 쓰레기봉투가
이곳을 차지하고 있어
나는 비스듬히 누워 벽을 본다
엘리베이터를 타고 내려온 아주머니가
가끔 저 아래 세상을 끌고 온 껌딱지 같은 걸
칼이나 손톱으로 긁어 내기도 한다
심심한 건 싫다고 말하려 해도
세상의 웃음소리를 듣던 한때는 어디 가고
들어 줄 이 아무도 없다
저녁이 되어 가는 나와 계단은 하나가 된다
비탈에 가만히 앉아 귀 기울이면
초인종은 팔 층에서 울린다
문이 열리고 포옹은 요란하다
구 층에선 딸깍딸깍 열쇠 구멍 맞추는 소리 들린다
문 닫히고 늙은 남자 사라진다
십일 층은 삐~익 전자카드가 접속된다
곧바로 악다구니와 함께 아이가 운다
이십 층은 비틀거리는 중년이 새벽에 도착한 듯
문 열기 전 잠시 엉덩이를 걸친다

모두가 수직으로 상승하는 문 옆에
어김없이 나는 누워 있다 비스듬히
가끔 엘리베이터가 고장 나면 벌떡 일어나
사람들 발을 만날 걸 알기에
그런 기다림의 날이
나는 기쁘다 말해야 한다

고사목

부러진
세월을 삼킨 얼굴
검게 색칠하였구나
희게 분칠하였구나
머리끝 허공으로 창공으로 밀어 올려도
시간은 맴돌기만 하였구나
더 움트고
더 사랑하고 싶었는데
나이테만 커졌구나
너울너울 손바닥 치며
하늘 닿게 살아 보려 했는데
맴맴
돌고 돌아
불구로 남았구나

흰 구름

금산사 연못
연꽃 지던 날

믿기지 않는 이모의 죽음은
이모부 사십구재 날이었다

사과 몇 알 붉어지며
채 그윽한 꿈을 꾸기도 전

푸른 하늘은 어느새
소복으로 갈아입었다

달이 잠드는 시간

새벽은 둥근 창을 가졌어
푸른 몸이 온통 젖어 있어

도둑고양이가 살며시 눈꺼풀을 추어올릴 때
숲 사이로 첫날밤은 흐르지
달빛인가
속옷 차림으로 내 곁에 다가와 앉는
아직은 어슴푸레한 저 눈동자

별들의 손끝과 손끝이 맞닿는 거리에
달이 잠드는 시간이 있어
한 고요가 말없이 풀어지면
다른 적막이 꿈틀거리는 우주의 소리가 들려

해와 달의 장례식엔
파닥거리는 물고기가 있어
밤새 하늘 걸어와 터질 듯한
소리, 소리들이 숨 쉬고 있어

두 손을 모아 봐

기다리고 선 오늘이
음악처럼 커지고 있어
이슬을 털며 숲이 깨어나고
달아나던 고양이가 물끄러미 돌아보고 있어

새벽은 둥근 창을 가졌어
몸살하던 경계를 말끔히 지워 가고 있어

귀

달빛이 모래밭에 내려와 눕더군
밤을 설쳐 뒤척이는 소리 들렸어

돌아보면 희미한 모래성뿐
모두가 그대로였지
소리 없이 눈물이 흐르더군
눈물 나면 난 늘 속으로 감추기만 했어
상대방 조롱으로 돌아올까 두려워
열어 두었던 마음의 문을 닫아걸곤 했지

나란히 바닷가에 앉아 있던 우리
귓속에 모래알 가득
흰 소금 가득

서로 귀를 막은 채 일어나 천국을 걸었어
골목 끝까지 바람이 불던 날이었지
아, 섬 끝 낭떠러지까지 내몰렸을 때
그곳에서 들었던 해맑은 소리

열지 않아도 홀연히 들리는 소리

퍼덕거리며 절벽을 때리는

이 악물고 버티는 벅찬 생의 소리

달빛 젖어 속삭이는 파도 소리

한때

짐짓 서성이다
또 두리번거린다

파르르 떨고 있는 육신
여전히 들려오는 목소리

끝나 버릴 듯한 세상
터질 듯한 심.장.박.동.소.리.

바다를 건넌다
산을 넘는다

살판나는 화엄의 세상을 만들기 위한 시적 노력

이승하(시인, 중앙대 교수)

　　2019년 말에 중국의 화북성의 대도시 우한(한자로는 '武漢'으로 쓰는데 왠지 '憂漢'으로 써야 할 것 같다)서 첫 환자가 보고된 코로나19 바이러스의 창궐은 사실 종식된 것이 아니다. 지금도 여전히 현재진행형이고 백신 개발 속도와 치료력을 무색하게 하는 변이 바이러스의 출현으로 더욱더 심각해지고 있다. 우리 인류는 코로나19 바이러스와 장기전을 펼쳐야 하는데, 너무 일찍 긴장의 끈을 푼 것이 아닐까.

　　마스크를 쓰고 다닌 지 3년이 다 된 이 시점에서 이런 생각을 해 본다. 우리 각자가 불교적 세계관을 갖고서, 즉 자리이타自利利他, 보시報施, 상생相生, 측은지심惻隱之心, 견성성불見性成佛, 제행무상諸行無常, 색즉시공色卽是空, 대자대

135

비大慈大悲 등을 일상생활에서 제대로 실천했더라면 이런 위기가 닥치지 않았을 것이라고. 우리네 일상적 삶은 지나치게 소비 중심적이고 환경 파괴적이다. 지구상에 출현했던 그 어떤 생명체의 종도 다른 생명체 종을 이렇게 많이 멸종케 한 것은 없었다. 인과응보가 맞는 말이라면 우리 인간은 자연 파괴의 주범으로서 자연의 아주 작은 일부였던 바이러스의 전면 공격을 받고 있는 것이 아닐까. 자연을 분노케 하여 화를 당하고 있는 것이 아닐까. 자, 이런 암담한 시절에 이정오 시인의 시집 원고를 받았다. 이정오 시인의 습작기 때와 등단 이후의 시를 꾸준히 봐 온 해설자는 시인이 대체로 불교적 세계관에 입각해 세상 만물을 보고 있다고 생각한다.

시집의 제목이 된 시 「살판」은 사실 '살판났다'나 '살판나다'로 붙여야 맞다. 일단 '살판'은 네 가지의 뜻을 갖고 있는 낱말이다. 첫 번째 뜻은 국궁의 활쏘기에서 화살 50대를 쏘아 20대를 과녁에 맞히는 일이다. 두 번째 뜻은 살얼음판의 준말이다. 세 번째 뜻은 광대가 몸을 날려 넘는 재주를 살판뜀이라고 하는데 이 말의 준말이 살판이기도 하다. 네 번째 뜻은 집을 살잡이할 때 기둥을 솟구는 데 쓰는 두꺼운 널을 가리킨다. 그런데 이 네 가지 뜻 중 어느 것도 쓰지 않고 시인은 "이제 살판난 거야" 하면서 '살판나다'에서 뜻을 가져오고는 이 동사의 명사형이라고 생각해 '살판'을 시의 제목 겸 시집의 제목으로 삼았다. 그런데 시 혹은 시집의 제목으로 「살판났다」나 「살판나다」보다는 아무래도 「살판」이 좋기에 이

두 글자를 제목으로 삼은 것이리라. 아무튼 ① 좋은 일이나 재물이 생겨 살기가 아주 좋아진 것이나 ② 기를 펴고 살아갈 수 있게 된 것을 나타내고자 이 제목을 취했다고 본다. 제목에 대한 설명은 이 정도에서 멈추고 바로 이 제목의 시부터 보기로 하자.

비가 오지 않아 마디가 짧아진 오이
지난밤 내린 비로 지네발 덩굴손이 자라고
구부렸던 순이 고개를 든다
옆으로만 퍼지던 오이 마디가 밤새 자랐다
덩굴손이 허공을 타고 길게 올라야
오이도 길쭉하게 주렁주렁 달린다

배밭 포도밭은 또 어떻구
한시름 놓은 거지
나무도 사람도
사십 밀리 비에 이렇게 달라지다니
논에 물이 차고 개울물이 흐르고
이제 살판난 거야
저수지까지 물이 괴면 좋으련만
하늘에 또 맡기는 수밖에

하하 웃으며 담배 한 대 물고
호박밭으로 향하는 해찬 형님
노란 오이꽃 토마토꽃이 옆에서

해맑은 얼굴로 웃는다

―「살판」 전문

해찬 형님이란 분이 오랜 가뭄 끝에 내린 단비 40밀리에
고마워하고 있다. 오이, 배, 포도 농사를 망치게 되었는데
비가 내려 주어 얼마나 고마운 일인가. 호박꽃, 오이꽃, 토
마토꽃을 보고 웃는 해찬 형님을 보고 화자도 환하게 웃는
다. 비가 온 덕분에 논에 물이 차고 개울물이 흐르고 이제
는 살판났다고 화자는 말한다. "저수지까지 물이 괴면 좋으
련만/ 하늘에 또 맡기는 수밖에"에 주제가 담겨 있다고 본
다. 즉 시인은 자연의 섭리 혹은 순리를 말하고 있다. 이정
오 시의 주제는 대체로 이와 같이 아주 밝다. 죽을 판이 아
니고 살 판인 것이다.

마침 경칩인 오늘
누런 개구리 한 마리
비 맞으며 폴짝폴짝
찻길을 건너고 있어

누워 자던 나무와 풀뿌리들
잠에서 깨어 웅성웅성
맨발로 부산을 떨고
추위 견딘 마른 떡잎의 마늘과 양파
얼었던 몸 곧추세우며

눈물 흘리고

—「봄비」 부분

가랑비 밤새 동네 한 바퀴 돌고 갔다
이제 겨우 얼굴 든 연초록 뺨 다 씻어 주고
소리 소문 없이 다른 동네로 떠났다
동네 입구 수호신으로 서 있는
느티의 얼굴도 말끔하다

—「느티나무 그늘」 부분

긴 밤 지새운 차갑던 새벽
백 년을 살다 죽은 소나무도
지상의 시간을 지운 채
서리꽃을 피우고
봄 오는 소리에 귀 기울인다

—「상고대 아침」 부분

3편의 봄노래가 다 청아하다. 인간의 세상은 연일 사건과 사고, 투쟁과 쟁취, 죄업과 징벌로 정신이 없는데 자연을 이루고 있는 식물들은 다 자신의 본분을 잊지 않고 할 일을 열심히 한다. 이정오 시인에게 자연은 가장 자연스러운 시의 소재가 된다. 봄이 되니 산천초목이 다 생동감이 넘치고 생명력이 충만하다. 시인은 봄노래만 부르는 것이 아니다. 겨울이라고 하여 자연이 침묵 속에 있지 않다.

대설주의보 내려진 어스름에
까마귀 서너 마리
젖은 날개 퍼덕대다 돌아간 날

대지와 가까워진 비가
눈꽃 되어 세상을 환호한다
앞산 가슴에 안겼던 새벽안개
어느새 하늘에 닿았다 내려오는 중이다

차창에 떨어지던 비의 외침이
한순간에 꽃으로 피는 건
사랑의 단축마라톤
거무스름하거나 희뿌연 형체들 모두
하얗게 하나가 된다

—「눈꽃」부분

　겨울에 눈이 오지 않고 비가 내렸다. 그것도 대설주의보
가 내려진 어느 날 저녁에. 그런데 하늘에서 내려온 비가 지
상에서는 눈꽃이 되어 "세상을 환호"한다. 새벽이 되니 세
상은 온통 안개로 뒤덮였고, "거무스름하거나 희뿌연 형체
들 모두/ 하얗게 하나가 된다", "차창에 떨어지던 비의 외
침이/ 한순간에 꽃으로 피는 건/ 사랑의 단축마라톤"이라
는 표현이 재미있다. 자연의 이치란 알고 보면 투쟁하고 쟁
취하는 것만이 아니다. 각자 제 몫의 일, 즉 제 역할을 하
는 것이다. 시인의 이런 긍정적인 사고방식은 인간 세상의

일을 갖고 시를 쓸 때도 변하지 않는다. 서로 돕고 사는 화
엄의 세계요, 상대방을 인정하고 사는 상생의 세계. 오금
동 고개에 자리잡은 허름한 이 층 술집에서도 고함이나 욕
설이 나오지 않는다.

　　　오금동 고개 허름한 이 층 술집이 스친다
　　　그곳 방석집에서
　　　내 오금이 얼어붙었던 적 있다
　　　자리가 자리인 만큼
　　　움직일 수도 없었다
　　　한 잔 술에 빙빙
　　　사다리를 타고 내려온다는 건
　　　더욱 엄두가 나지 않았다

　　　위층 화장실에서 들리는
　　　물소리 콧노래 소리
　　　더운 공기가 차가운 공기 속으로 빨려 들어가듯
　　　자연스레 관을 따라야 하는 우리 몸
　　　뭐든 적당히 흐를 때 생기가 돈다

　　　오월 신록이
　　　관절을 펴고 푸르게 뛰어간다
　　　　　　　　　　　　　　　　—「물관」 부분

　시적 화자가 젊었던 시절, 오금동의 2층에 있는 술집이

단골 술집이었는지 한번 가 본 술집이었는지 궁금하다. 그냥 술집이 아니라 방석집이었나 보다. "한 잔 술에 빙빙"이니 술이 약했던 것일까. 2층에서 사다리를 타고 1층으로 내려오는 것이 쉽지 않았을 터이다. 위층 화장실에서는 물소리도 들리고 콧노래 소리도 들린다. 그런데 이 시의 주제는 이런 술집에서의 추억담에 담겨 있지 않다. "더운 공기가 차가운 공기 속으로 빨려 들어가듯/ 자연스레 관을 따라야 하는 우리 몸/ 뭐든 적당히 흐를 때 생기가 돈다"는 데 있다. 그래서 제목이 '물관'인 것이다. 시의 마지막 연, "오월 신록이/ 관절을 펴고 푸르게 뛰어간다"에도 시인의 밝은 인생관이 담겨 있다. 나무가 자랄 수 있는 것은 물관이 있기 때문인데 우리 인간도 물이 필요하다는 것인가. 물이 아니면 술이? 술은 족하면 보약이고 과하면 독약인데 그것을 말하고 싶었는지도 모르겠다. 대부분의 시가 이렇게 밝아서 좋다. 이제 시인의 가족사가 깃들어 있는 시를 살펴보자.

토방은 당신에게 한 모퉁이를 내어 주고
당신은 사과에게 일일이 점수를 매겼었지
나는 딱지치기로 해를 넘겨 먹고
구슬치기로 어둠을 데려오곤 했지
골방에 살던 침묵이
무어라 말하려다 꿀꺽, 참아 내곤 할 때
시간은 이미 가방 안으로 숨었고
어둠이 먹다 남긴 햇살은

당신의 사과 봉지를 비추기도 하였지

—「표준전과」 부분

이 시에서 '당신'은 과수원을 하고 있는데 토방에서 잔다. 어린 화자는 딱지치기와 구슬치기에 여념이 없다. 어머니는 사과 한 개 한 개에 봉지를 씌우면서 돈을 마련해 아이한테 표준전과를 사 준다. "전 과목의 해답이 들어 있던 그 책"을. 그런데 마지막 연 "당신은 오늘도 굵게 주름진 손을 떨며/ 산길에 쌓아 둘 표준전과를/ 한 장 한 장 찢고 계신다"는 것은 무슨 의미일까? 아이가 공부를 너무 안 해 표준전과를 빼앗아 과일 싸는 데 사용했다는 말인가? 그렇지는 않은 것 같다. 공부를 다 마친 뒤에 버린 표준전과를 어머니가 한 장 한 장 찢어 사과 봉지로 사용했다는 말인 것 같다. 아무튼 "나는 지금/ 당신이 한 장 한 장 겹쳐 보냈던 하숙비를/ 풀썩, 밟으며/ 당신에게 가고 있다"고 하는 것으로 보아 화자의 어머니는 이 세상 사람이 아닌가 보다. 화자의 할아버지에 관한 이야기도 잠깐 나온다.

설날, 그들이 떠난 날
허공이 즐겁다 아이들도 즐겁다
할아버지가 부화시키고 키웠으니
늘 안타깝고 그리운 당신 고향 황해도
그곳으로 훨훨 날아가고 있겠다

—「기러기 날다」 부분

이 시에서 '그들', 그리고 그곳으로 훨훨 날아가고 있는
존재는 기러기 떼이다. 기러기는 할아버지가 떠나온 고향
황해도로 날아가는데 할아버지는 영원히 고향에 갈 수 없
다. 이산가족의 아픔이 묻어나는 이 시를 보니 하늘의 저
새들은 자유롭게 남과 북을 넘나드는데 우리는 통일에 대한
논의조차 자유롭게 할 수 없는, 분단된 땅에 살고 있다는 사
실이 더욱 안타깝게 다가온다. 화자가 아들을 군대 훈련소
로 보내고 쓴 시가 있다.

> 다른 삶의 한 계단을 두드리며
> 작은 배낭을 메고
> 세월 앞에 놓인 새로운 문을 열기 위해
> 넌 잠시 떠나는 거다
>
> 사립문 열던 할아버지 봇짐을
> 대문 열고 들어서시던 아버지 지게를
> 문간에 기대어 놓고
>
> 아들,
> 은행나무 뿌리에서 돋아난 봄 잎을 보듯
> 난 널 바라보고 있단다
>
> 훈련소에 널 남겨 두고 돌아오는 길
> 나무들은 모두 뒷걸음질 치며 달려가고

산들도 느릿느릿 경보하듯 멀어져 갔지

—「훈련소」부분

할아버지의 봇짐과 아버지의 지게를 문간에 기대어 놓고 아들은 훈련소에 갔다. 훈련소에 아들을 두고 오는데 아버지는 영 착잡하다. 하지만 마음속으로 아들에게 이렇게 말해 준다.

엄마의 탯줄에서 나라의 젖줄을 잡고
씩씩하게 발맞추어 막사로 들어간 너
그동안 여리게 뛰던 네 가슴에서 멀어져
세월을 꺾으며 달음질치는
다른 네 얼굴을 보아라

새롭게 우뚝 선
네 자신에 기대어
진정 너를 사랑하게 될
너의 얼굴을 만날 수 있으리라

—「훈련소」부분

이 땅에서는 남자가 성인이 되면 병역의무를 필해야 한다. 썩고 나온다고 생각할 수도 있지만 이왕 하는 군 생활이니 씩씩하게 하면 "세월을 꺾으며 달음질치는/ 다른 네 얼굴"을 볼 수도 있다. "진정 너를 사랑하게 될/ 너의 얼굴을 만날 수 있"다고 하니, 아버지로서 군복 입은 아들에게 해

줄 수 있는 최대치의 격려를 해 준 것으로 본다.

　이런 생각도 해 본다. 우리나라가 제대로 힘을 갖고 있었다면 분단도 되지 않았고, 이산가족도 되지 않았고, 〈평화의 소녀상〉도 만들지 않았을 것이다.

　　참으로 혹독한 겨울을 견뎠습니다
　　청춘의 꽃은 진실의 꽃으로
　　민들레는 이제 세상 들판에 파랗습니다
　　　　　　　　　　　　　　　─「당신은 민들레」부분

　이 시는 안성에 있는 내혜홀 광장의 〈평화의 소녀상〉 제막식에 부친 것이다. 역사의 아픔이 오롯이 느껴지는, 가슴을 무진장 아프게 하는 작품이다. 슬픈 시가 또 있다. 이번 시집에 사람의 실명이 등장하는 시가 2편 있는데 모두 추도시이다.

　　구덕산 너머 내 마음의 등고선을
　　구름이 넘다 지쳐 비를 뿌리고
　　잠깐 떠오른
　　무지개 어깨가 넓고도 멀다

　　늦여름을 풀어헤친 매미의 날갯짓에서
　　제한된 시간이 쏟아져 내린다
　　나는 골마루 넓게 품은 화문석 위

봉황 꿈에서 깨어 보니
어느새 눈썹이 순해졌다
멀리 대한해협이 보인다

         —「구덕산을 바라본다」 부분

  친구 유근영을 하늘나라로 보내고 부산시 서구 서대신동 서쪽에 있는 구덕산에 와서 쓴 시이다. 술을 너무 많이 마셔 일찍 세상을 뜬 것인가, "아내는 곁에서 고개를 숙인 채/ 혼 잣말처럼/ 술을 좀 끊어 보란다"고 했다 한다. 무슨 사연이 있었는지 확실히 말하고 있지는 않지만 우리 인간은 생로병 사의 수레바퀴를 벗어날 수 없는 존재다. 그래서 붓다는 제 자들 앞에서 숨을 거두면서 "생자 필멸하니 정근精勤 정진精 進하라"고 말했던 것이다.

슬픔은 사랑채 지붕 위로
콩 볶듯 튕겨 다시 안개가 되고
샘가에 놓인 자배기
한눈팔 새 없이
철철철 눈물로 넘친다

슬픈 소나기 지난 자리
짙푸른 세상이 남겨지고
앞산
새하얗게 피어나는 안개

골골이 헤엄쳐 무심히도 흐른다

그리움에 멍든 가슴 하얗게 부서지고
어지러운 잡음과 상념
발끝에 매달린다
머물 곳 어디인가

—「전화벨이 울렸다」 부분

　김명서 시인이 돌아갔다는 부고를 전화로 듣고는 화자는
눈물을 철철철 흘린다. 1949년생인 김명서 시인이 2020년
에 타계했으니 천수를 누렸다고도 할 수 있겠지만 100세 시
대에 70년을 살고 갔으니 그리 오래 산 것도 아니다. 선배
시인의 부고를 듣고 마음 여린 화자는 눈물을 흘리며 그녀
의 타계를 애도한다. 자, 이제 시인의 불교적 상상력에 좀
더 다가가 보기로 한다.

바라만 보지 마라
고요 속으로 들어가 보라

그대 앞에서
속세의 말 모두 삼키고 나니
맑은 계곡 물소리 들린다

대웅전 오르는 동안

어깨를 누르는 돌덩이 돌담으로 쌓고
비우려는 생각까지 비워 낸다

촛불을 켠다
마음속 무겁던 돌마저 타올라
노을이 된다 내가 점점 사라진다

흰 구름 한 줄기
서운산 이마에 얹혀 있다

                        —「석남사 구름」 전문

    안성시 금광면에 가면 석남사라는 절이 있다. 통일신라 시대 문무왕 20년(680) 담화덕사가 세우고 고려 초기 혜거국사가 중창했다고 하니 엄청난 고찰이다. 대웅전이 특히 유명한데, 대웅전까지 올라가는 돌계단이 더 유명하다. 석남사 대웅전은 병자호란 때 불에 타서 없어진 것을 1684년에 다시 짓고, 1725년에 크게 수리한 것이라고 한다. 그런데 시인은 대웅전까지 올라가는 동안 "어깨를 누르는 돌덩이"는 돌담으로 쌓고, 비우려는 생각까지 비워 낸다. "마음속 무겁던 돌마저 타올라" 나 자신 노을이 되고 끝내는 사라지니 완전히 물아일체의 경지다. 이 시에서 '그대'는 석남사일까 석남사에서 본 구름일까. "그대 앞에서/ 속세의 말 모두 삼키고 나니/ 맑은 계곡 물소리"가 들린다. 그야말로 색즉시공, 공즉시색의 경지다. 불가에서는 스스로 도를 닦아 붓

다의 경지에 이르는 것이 중요하다고 말하는데, 그래서 3천
배도 하고 면벽 참선도 하는 것이려니.

마을 갔다 오던 길
눈 쌓인 그믐
천지가 하얗게 얼어붙은 밤
후욱, 바위 속으로 휘어드는 서기瑞氣를 보았네
흠칫 놀라 주춤주춤
뒷걸음질 쳐 돌아왔네
그 빛을 숨기려 마을에선
바위를 일으켜 세웠네

꿈틀거리는 굴레를 그 뼈 안에 묻었네

미륵
햇살을 먹고 먹고 어렴풋이
남겨진 미완성
바위로 살아 살아
시간에 씻기며 울퉁불퉁

굳어진 정강이 아래
풀 한 포기 돋아나네
속눈썹 안으로 이어진 진리眞理를 보네
무아無我를 만나러 가네

—「미륵」부분

이런 시를 보면 시인의 철학이 불교의 교리에 근접해 있음을 더욱 잘 알 수 있다. 불교에서 미륵의 도래를 갈망하는 것은 기독교인이 천주의 부활을 갈망하는 것과 비슷하다. "무아를 만나러 가네"로 끝나는 이 시는 앞머리에서 말했던, 제행무상을 통한 견성성불에 다가가려는 노력이 엿보이는 시가 아닐 수 없다. 하지만 불가에서는 언어를 아끼라고 했다. 그래서 불립문자不立文字 교외별전敎外別傳이라고 하지 않는가. 그렇다면 침묵을 통해서 말을 한다? 시를 버려서 시를 얻는다? 아래의 시에는 이정오 시인의 이러한 난처한 시론이 잘 정리되어 있다.

맑은 물에 빠졌구나
들여다보면 건져 올릴 수 있으련만
보이지 않는구나

어쩌다 헛발 디뎌 흙탕물에
허우적댈 때
목마른 손목 당겨 줄 이
아무도 없어
속으로 스미어 진흙탕까지 밟는구나

무지몽매 텅 빈 머리로는
꽃을 피울 수 없으련만
얼마나 더 고뇌의 늪을 헤매고서야

시詩의 꽃대

밀어 올릴 수 있을까

　　　　　　　　—「각주구검」 전문

　시의 제목은 중국의 고사에서 나온 말이다. 춘추전국시
대 초나라의 한 젊은이가 매우 소중히 여기는 칼을 가지고
양자강을 건너기 위하여 배를 탔다. 배를 타고 가다가 강
한복판에서 그만 실수로 쥐고 있던 칼을 강물에 떨어뜨리고
말았다. 놀란 그는 얼른 주머니칼을 꺼내서 칼을 빠뜨린 부
분의 뱃전에 자국을 내어 표시를 해놓았다. 그는 '칼이 떨
어진 자리에 표시를 해 놓았으니 찾을 수 있겠지'라고 생각
하고 배가 언덕에 닿자 뱃전에서 표시를 해 놓은 물속으로
뛰어 들어가 칼을 찾았으나 칼은 없었다. 이것을 보고 사람
들이 그의 어리석은 행동을 비웃었다. 어리석고 융통성 없
음을 나타내는 말인데 시인은 이 젊은이가 자기와 마찬가
지라고 말한다. 시를 쓰고자 아무리 노력해도 제대로 된 시
한 편 건지지 못하고 있다는 자책감이 커 이 시를 쓴 것이려
니. 하지만 시인은 지금까지 시의 꽃대를 잘 밀어 올려 왔고
앞으로도 그러할 것이다. 제3시집 출간을 계기로 더 큰 도
약이 있기를 바라면서 해설 쓰기를 이쯤에서 마칠까 한다.